Jürg Amann

Die Briefe der Puppe

Nimbus. Kunst und Bücher

für Luisa

Vorbemerkung

Leicht ein halbes Jahr vor seinem Tod, im
Winter 1923, in Berlin, als er zum ersten Mal
in seinem Leben den Mut gefaßt hatte, mit
einer Frau zusammenzuleben, nach drei ge-
scheiterten Anläufen, traf Franz Kafka im
Steglitzer Park, wohin ihn seine Spaziergänge
mit der Lebensgefährtin manchmal führten,
eines Tages auf ein kleines Mädchen, das allein
auf einer Bank saß und weinte. Das Mädchen
schien untröstlich, und als Kafka es nach seinem Kummer fragte, erfuhr er, daß es seine
Puppe verloren hatte, vor einer Woche schon,
es wußte nicht, wo und wie. Jeden Tag war es
seither hierher zurückgekommen, um nach ihr
zu suchen. Die Puppe verloren; Kafka ließ das
nicht gelten. Aus dem Nichts erfand er eine
Geschichte, die dem Mädchen das Verschwin-
den seiner Puppe erklärte. Sie ist nicht verloren,
sagte er, sie ist nur verreist. Ich weiß es, ich
habe sie in der Stadt noch gesehen. Ich kenne
sie, ich habe sie immer wieder mit dir zusammen hier angetroffen. Vor ein paar Tagen haben sich unsere Wege gekreuzt. Ich habe sie ein
wenig dafür geschimpft, daß sie einfach so weg-

läuft. Sie hat mir bei ihrem Ehrenwort versprochen, dir von unterwegs Briefe zu schreiben. Von überall, wo sie hinkommt. Aber sie schickt die Briefe an mich, das habe ich ihr vorgeschlagen, weil du noch nicht lesen kannst. Ich will sie dir vorlesen; der erste ist schon gekommen.

Hast du ihn bei dir?, fragte das Mädchen, ein wenig mißtrauisch, indem es sich mit den Händen die Tränen aus dem Gesicht wischte. Nein, sagte Kafka, ich habe ihn zu Hause liegen lassen, ich wußte ja nicht, daß ich dir heute begegne, aber morgen werde ich ihn dir mitbringen. Kannst du morgen um dieselbe Zeit wiederkommen? Ja, sagte das Mädchen, schon fast getröstet. Und Kafka kehrte nach Hause zurück, in die Grunewaldstraße, um ihr den Brief zu schreiben. Und ein paar Tage darauf einen zweiten. Und dann einen dritten und vierten, und so immer weiter.

Das Kind war fürs erste zufrieden. Nach kurzer Zeit schon hatte es den Verlust seiner Puppe beinahe vergessen und wartete nur noch von Tag zu Tag sehnsüchtig auf ihre Briefe. Das Mädchen war glücklich. Geradezu stolz schien es darauf, eine Puppe zu haben, die die Welt bereiste und ihm darüber berichtete.

Das Spiel, das kein Spiel war, dauerte mehrere Wochen. Und das Problem war nun nur, da Kafka sehr krank war und es mit ihm nicht mehr lange so gehen konnte, dem Mädchen sein zweites Spielzeug, zu dem ihm die Briefe inzwischen geworden waren, wieder zu nehmen, ohne ihm das erste dafür wieder geben zu können. Denn die Puppe blieb ja verschwunden.

Eine Episode aus Zürau fällt mir dazu ein, wo Kafka seine Schwester, die dort auf dem Land lebte, einmal besucht hatte. Es gab Mäuse in seinem Zimmer, und Kafka beklagte sich bei der Schwester darüber. Sie riet ihm, die Katze zu sich ins Zimmer zu nehmen. Kafka tat es, und tatsächlich, die Mäuse verschwanden. Aber wie werde ich nun wieder die Katze los?, fragte er sich, ein wenig verzweifelt. Kafka fand eine Lösung, den Hund. Aber nun? Wie konnte er seine Briefe zu einem guten Ende bringen? Ohne Katze und ohne Hund? Er fand auch dafür die Lösung.

Dora Diamant, seine Begleiterin in den Steglitzer Stadtpark, seine Gefährtin in den letzten Monaten seines Lebens, hat die Briefe für uns aufbewahrt. Durch meinen Großvater, der zwi-

schen den Kriegen zuerst in Deutschland Buch-
drucker und Antiquar gewesen war, bevor er in
die Schweiz auswanderte, und über den Nach-
laß meines Vaters sind sie schließlich zu mir ge-
langt, der ich ebenfalls Büchermacher geworden bin. Dreizehn Briefe insgesamt. Ich habe
sie lange gehütet. Hier drucke ich sie nun zum
erstenmal ab.

Die Briefe

Erster Brief

Liebes Mädchen! Wie Du siehst, lebe ich. Genauso wie Du, wenn Du diesen Brief liest. Oder vorgelesen bekommst. Du kannst ja noch nicht selber lesen. Jedenfalls noch nicht gut. Noch nicht so gut, wie ich schreiben kann. Bald wirst Du es lernen. Beides, schreiben und lesen. Dann wirst Du meine Briefe immer wieder lesen können. Und mir auch antworten. Oder anderes schreiben, aus Deinem Leben. Bewahre sie also sorgfältig auf. Unter dem Kopfkissen oder in Deiner Schatztruhe. Oder wenigstens im Kopf oder im Herzen, wie man so sagt. Man weiß nie, wofür sie noch einmal gut sind.

Aber vorläufig schreibe ich *Dir*. Wir leben also, beide. Davon gehe ich aus. Und wir haben uns lieb. Das ist das Wichtigste. Alles andere wird sich geben. Mehr davon später.

Ich bin nicht verlorengegangen, wie Du vielleicht geglaubt hast. Und wie Du es Dir vielleicht selber vorgeworfen hast. Weil Du nicht gut genug auf mich aufgepaßt hast. Nein, nein, Du hast gut auf mich aufgepaßt. Und Du hast immer gut für mich gesorgt. Aber manchmal muß man auch schlafen. Und manchmal hat man auch anderes zu tun, als sich um seine Puppe zu kümmern. Mit anderen Kindern zu spielen, zum Beispiel. Da kann einem die Puppe auch einmal im Weg sein. Oder man muß in den Kindergarten, ob man will oder nicht. Da werden die Puppen von zu Hause nicht gern gesehen. Weil das Fräulein eigenes Spielzeug bereithält. Und weil dort ja nicht nur gespielt, sondern auch etwas gelernt werden soll. Also, einen Weg, mich davonzumachen, hätte ich immer gefunden. Nun habe ich mich einfach gestern, während Du Dich im Park unter dem großen Baum auf dem Reitseil vergnügt hast, das dort auch im Herbst und im Winter hängt, zu einer anderen Puppe in den Kinderwagen gesetzt und mich davonfahren lassen. Oder war das schon vorgestern, oder am Sonntag, ich komme mit der Zeit, seit ich nicht mehr in geordneten Verhältnissen lebe, leicht durcheinander. Aber es spielt ja keine Rolle.

Suche also nicht mehr nach mir. Und weine mir auch nicht mehr nach. Ich kann mir vorstellen, daß Du das beides getan hast. Und der Mann, dem ich die Briefe für Dich schreibe und der sie Dir vorliest, hat es mir vorgehalten; nicht ohne mich dafür zu tadeln. Ich kenne ihn von weitem, er wohnt im selben Haus wie die Puppe, mit der ich mitgegangen bin. Er hat mir die Fahrkarte für den Bus bis zum Bahnhof bezahlt. Doppelstock, ich bin im oberen Deck gefahren, ganz vorne. Was man von da alles sieht! Aber das wirst Du alles auch noch kennenlernen. Wir sind ja bisher aus unserem Viertel nicht herausgekommen. Vom Bahnhof aus, mit dem Zug, muß ich jetzt selber weiterschauen. Aber ich weiß schon wie. Ich werde mich einfach zu fremden Familien mit ins Abteil setzen. Wenn man nicht allein fährt, muß man als Kind auf der Bahn nichts bezahlen. Als Puppe erst recht nicht. Wir werden sehen.

Zweiter Brief

Es hat geklappt. Ich sitze im Zug nach Prag und schreibe Dir diesen Brief. Ein freundlicher Herr im grauen Anzug und mit einer schwarzen Melone auf dem Kopf, die er auch während der Fahrt aufbehält, hat mich mitgenommen. Er läßt mich neben sich sitzen. Er ist sehr zuvorkommend. Sogar seinen Fensterplatz hat er mir angeboten, damit ich besser hinausschauen kann. Dabei finde ich ihn viel interessanter als die Landschaft, die draußen vorbeizieht. Landschaft ist überall, außer in der Stadt, aber er ist nur hier. Ich habe aber sein Angebot trotzdem angenommen, damit ich mich zum Schreiben auf dem Fenstertischchen abstützen kann. Er hilft mir auch ein wenig beim Schreiben. Wenn ich etwas nicht weiß, kann ich ihn fragen. Dann schreibt er mir die Worte hin. Er weiß alles. Er hat sein Leben lang geschrieben, jetzt ist er müde. Er ist krank. Eine Lungenkrankheit, der er nicht genügend Beachtung geschenkt hat, ist ihm bis in den Kehlkopf hochgestiegen. Er hat Mühe, zu sprechen. Er pfeift aus dem letzten Loch, sagt er, wie die Mäuse in einer Geschichte, die er gerade geschrieben hat. Mit seiner

Verlobten, die nicht wirklich seine Verlobte ist, er ist zweimal im Leben verlobt gewesen, den Fehler will er nicht noch einmal machen, die ihm und mir gegenübersitzt, fährt er jetzt zum Sterben in seine Heimatstadt zurück. Sein Leben lang hat er nie eine Puppe gehabt. Überhaupt hat er viel zu wenig gespielt. Von Anfang an ist er ein ernsthafter Mensch gewesen. Sogar das Schaukelpferd, neben dem er als Kind fotografiert worden ist, hat nicht ihm, sondern dem Fotografen gehört. Er hat mir das Bild gezeigt. Das Angebot, mitzuspielen, mit den andern, mit den Eltern, mit den Schwestern, mit Freunden, hat er nicht angenommen. Er hätte leben können, aber er hat nicht gelebt. Das sagt er. Statt dessen hat er seltsame Geschichten geschrieben. Eben, von Mäusen zum Beispiel. Von einem Maulwurf. Von einem Käfer. Von einem Hungerkünstler, der hungert, weil er die Speise, die ihm schmeckt, nicht gefunden hat; vielleicht meint er sich selbst damit. Jetzt bereut er das alles ein wenig. Aber jetzt ist es zu spät. Jetzt kommt es nicht mehr drauf an, sagt er. Auf nichts mehr. Aber er nimmt mich mit. Er kann jetzt selbst nicht mehr essen, weil sein Kehlkopf nur noch sich selber ißt. Wenn ich will, darf ich sogar mit in die Klinik. Das hat die Frau gesagt. Sie will für uns beide sorgen. Aber ich kann für mich selber sorgen. Zum Glück muß ich ja nicht gefüttert werden. Auch wenn Du es immer wieder versucht hast. Früher. Von Hand oder mit dem Löffel. Erinnerst Du Dich? Ich muß nicht essen. Vielleicht gehe ich trotzdem mit.

P.S.
Spiel Du, soviel Du kannst!

Dritter Brief

Prag ist schön. Ein wenig grau, aber schön. Viel Gold über dem Grau. Und unter dem Weiß des Schnees, von dem hier noch viel auf den Dächern liegt. Der Herr hat mir all die Häuser gezeigt, in denen er früher gewohnt hat. Von außen und innen. Es sind viele. Und in einem der Treppenhäuser, im Haus, in dem er die Kindheit verbracht hat, ist er auf einen Spielkameraden gestoßen, der immer noch da wohnt. In einer verstaubten Nische. Auf der Treppe, die zum Dachboden führt. Odradek heißt er. Er hat ihn selber gebaut. Aus ein paar Hölzchen und einer Fadenspule, in die er die Hölzchen gesteckt hat, um Odradek Beine zu machen. Dann hat er ihn hier vergessen.

Er hat also doch gespielt, als Kind. Von seinem Wunsch, Indianer zu werden, hat er mir auch erzählt. Dabei hat er gelacht. Überhaupt lacht er viel, obwohl er gleichzeitig ganz ernst ist. Und obwohl er schwer krank ist. Das zeigt er nicht, und man denkt nicht daran, wenn ihn nicht sein Husten verrät.

Am besten hat mir das kleine Zimmer im Alchemistengässchen gefallen, in dem er früher geschrieben hat. Eine breite Brücke mit Steinfiguren führt hinüber, über den Fluß, und auf dem Hügel steht eine Kirche, die von weitem fast wie ein Schloß aussieht, das Gässchen führt dort hinauf. In den Anlagen darum herum hätten wir uns beinahe verirrt.

Wir wohnen bei seinen Eltern, er in seinem alten Kinderzimmer, das sie noch immer für ihn bereithalten, für ihren kranken Sohn, für alle Fälle. Mich hat er im Vorzimmer auf einem bequemen Sofa einquartiert, da soll ich schlafen. Seine Braut schläft im Gästezimmer. Mitten in der Nacht ist er noch einmal aufgestanden und durch mein Zimmer zur Toilette geschlichen, in Socken, auf Zehenspitzen. Schlaf ruhig weiter, hat er gesagt, ich bin nur ein Traum. So einer ist das. Von wegen, ein Traum!

Morgen fährt er weiter, in seine Klinik, das ist in Österreich, zusammen mit seiner Begleitung, die hat einen seltsamen, kostbaren Namen, sie teilt ihn mit einem Edelstein; sie nehmen mich mit bis nach Wien. Wir stehen früh auf, darum muß ich jetzt Schluß machen. Der Herr Traum ist auch schon wieder an mir vorbei zurück in sein Zimmer. Diesmal hat er nichts gesagt, ich habe mich schlafend gestellt. Gute Nacht also jetzt. Ich melde mich wieder aus Wien.

Vierter Brief

Ich gehe nicht mit in die Klinik. Etwas Besseres als der Tod findet sich überall. Das steht in den «Bremer Stadtmusikanten». Ein Märchen. Die Kindergartentante hat es Euch vorgelesen, erinnerst Du Dich? Du hast den Satz nicht verstanden. Du hast nicht gewußt, was das ist, der Tod. Das ist gut so. Ich will es auch nicht wissen.

Ich habe Dich nicht verlassen, ich bin nur von Dir weggegangen, für einige Zeit, das ist nicht dasselbe. Weil ich noch etwas anderes von der Welt sehen wollte als unsere Kinderstube, bevor es dafür zu spät ist. Die ja vor allem Deine Kinderstube gewesen ist. Bevor Du mich eines Tages endgültig weggesperrt hättest, in Deine Spielzeugtruhe oder auf den Dachboden, zum Überwintern, zum Übersommern, gleichviel, für mich hätte der Winter oder Sommer kein Ende mehr genommen. Weil Du meiner müde geworden wärst; oder weil Du zu groß geworden wärst für mich. Du wirst ja größer; das geht schneller als man denkt; ich nicht. Ich bleibe immer so groß oder so klein oder so alt, wie ich bin. Auch wenn der Stoff, aus dem ich bin, älter wird. Und ich müßte dann auf dem Dachboden warten, bis Deine Kinder vielleicht einmal Lust haben, mich wieder hervorzukramen und mit mir zu spielen. Wenn Du überhaupt jemals Kinder bekommst; das kann man im voraus nicht wissen. Oder bis Du, wer weiß, aus dem Haus ausziehst und mich bei dieser Gelegenheit vielleicht auf den Müll kippst. Niemals, wirst Du sagen; aber nie ist das Wort, das man nie sagen soll; das wirst Du noch lernen.

Du wirst das später auch wollen: fort, von da, wo Du herkommst. Weg. In die Welt hinaus. Oder hinein. Je nachdem, wie man es sehen will. Alles hinter Dir lassen, was einmal gewesen ist. Auch wenn es noch so gut gewesen ist. Und auch wenn Du es nicht willst, wirst Du es müssen. Wir alle müssen das, wenn die Zeit dafür gekommen ist. Und das ist gut so. Damit wir nicht versauern. Damit wir nicht schon zu Lebzeiten tot sind. Du wirst es auch einmal so sehen. Für mich war die Zeit jetzt gekommen.

Ich bin ohne Abschied gegangen, weil Du mich anders nicht hättest gehen lassen. Weil Du mich zurückgehalten hättest. Und weil ich mich selber an Dir festgehalten hätte. Weil wir einander nicht losgelassen hätten. Das mußt Du zugeben. Du hättest mich an Dein Herz gedrückt, so daß ich daran fast erstickt wäre. Wie schon früher manchmal beinah. Oder an das, was man das Herz nennt. Obwohl es das Herz ja gerade verbirgt. An das, was über dem Herzen liegt.

Einer, den ich hier getroffen habe, im Café Bräunerhof, in dessen Nische ich mich einfach gesetzt habe, um mich ein wenig aufzuwärmen und den Klimperklängen des Barpianisten zuzuhören, hat mir gesagt, er habe am Ende sein Elternhaus, in dem er immer noch wohnte, anzünden müssen, weil er sonst gar nicht mehr daraus fortgekommen wäre. Und siehst Du, so etwas wollte ich nicht. Vielleicht hat er den Mund auch etwas voll genommen. Er hatte so etwas Hochstaplerisches, Großmäuliges. Am Ende hat er mir eine heiße Schokolade spendieren wollen, mit Schlagobers, so nennen sie hier die Sahne, aber ich habe abgelehnt.

Nicht, daß Du nun so etwas auch tust! Das Haus, in dem Du wohnst, anzünden, meine ich. Das mußt Du mir versprechen. Sonst kann ich Dir solche Dinge, die ich auf meiner Reise erfahre, nicht mehr erzählen. Versprichst Du

mir das? Ich schreibe keinen Absender auf meine Briefe, damit Du gar nicht erst auf die Idee
kommst, mich zu suchen. Auch weiß ich heute
nicht, wo ich morgen bin.

Fünfter Brief

Nun habe ich Wien von oben gesehen. Donau, Donaukanal, Stephansdom, Hofburg, alles. Von weitem. Vom Riesenrad aus. Schön. Ringstraße, Gürtel. Riesig. Bis in die Hügel, bis zum Wienerwald hinaus. Ein wenig Angst gehabt habe ich schon. Als die Gondel immer wieder stillstand. Wenn es denn gar nicht mehr weiter gegangen wäre? Im Aufzug ist uns das ja einmal passiert, weißt Du noch? Als wir stundenlang auf den Rettungsdienst warten mußten, weil es an einem Sonntag war? Und wie uns Deine Eltern dann dafür ausgeschimpft haben, daß wir den Aufzug ohne Begleitung eines Erwachsenen überhaupt benutzt haben? Das steckt mir noch immer ein wenig in den Knochen, auch wenn ich ja eigentlich keine Knochen habe. Aber weiche Knie, die habe ich, umso mehr. Und so ganz schwindelfrei bin ich auch nicht. Auch wenn ich mich zu Hause, in Deinem Zimmer, oft ganz gern auf den Schrank gesetzt habe. Oder von Dir hinauf habe setzen lassen. In dem Deine Kleider drin waren. Und wahrscheinlich immer noch sind. Mit denen Du auch mich manchmal verkleidet

hast, wenn Dir der Sinn danach stand. Zu-
vorderst auf die Kante. Das Riesenrad ist aber
doch etwas anderes. Auch der Junge, in dessen
Spielzeugkorb ich mit hinaufgefahren bin, hat
mich nicht beruhigen können. Er hat selber
Angst gehabt.

Zum Trost hat er dann, als wir wieder unten
waren, mit der Liliputbahn fahren wollen; die
bleibt auf dem Boden. Und seine Oma, mit der
er unterwegs war, hat es ihm erlaubt. Sie ist
sogar selber mitgefahren, hat ihre langen Beine
hineingezwängt. Lidiputbahn, hat der Junge
immer gesagt, er konnte das L mitten im Wort
noch nicht aussprechen. Also fuhren wir eben
mit der Lidiputbahn, alle zusammen, durch
den ganzen Praterpark, an den Schieß- und
Schaubuden vorbei, und wieder zurück zum
Ausgangspunkt. Die Oma bezahlte die Fahr-
karten, ein Schaffner in bunter Uniform gab
ihr aus seiner umgehängten Bauchkasse das
Wechselgeld heraus. Die Liliputbahn heißt
Liliputbahn, weil es eine Art Zwergenbahn
ist, mit ganz kleinen, farbigen Wagen, von einer winzigen Dampflokomotive gezogen, auf
Schmalspur, für Kinder eben, aber gerade groß
genug, daß zur Not auch ein paar Erwachsene
hineinpassen.

Und nach der Liliputbahnfahrt wollte der Junge bei einem Ballonverkäufer, der seine Ballons in einer riesigen Traube über sich schweben hatte, unbedingt noch einen Ballon kaufen. Auch das hat ihm seine Oma erlaubt, und sie hat ihm das Geld dafür gegeben. Einen roten hat er gewählt, und der Ballonverkäufer hat ihm die Ballonschnur um das rechte Handgelenk gebunden. Aber dann ist er ihm doch davongeflogen. Ich weiß nicht, wie er sich so dumm anstellen konnte. Hinter dem Ballon her hat der Junge seine Arme gegen den Himmel gestreckt. Aber da war es zu spät. Er hat versucht, ihm hinterherzuspringen. Zuerst hat er getobt und geschrien, dann hat er nur noch leise geweint.

Da hat er mir leid getan, wie er so verzweifelt in seinen kurzen Hosen im Gras auf und ab gehüpft ist und geschluchzt hat, und ich habe ihn zum Trost bei der Hand genommen. So sind wir jetzt immer noch zusammen. Seine Oma hat zuerst nur geschimpft. Daß er halt besser aufpassen soll. Und wofür sie ihm denn das Geld gäbe. Aber dann hat sie ihn auch getröstet. Und daß ich nicht von Anfang an zu ihrem Enkel gehört habe, mit dem sie nur von Zeit zu Zeit einen Nachmittag verbringt, hat sie nicht so genau wissen können.

Der Junge lebt ja bei seiner Mutter. Allein. Und da bin ich nun auch ein paar Tage gewesen. In einem kleinen Reihenhaus in der Vorstadt. Mit Garten nach hinten hinaus. Aber er will zu seinem Vater zurück, der von ihnen getrennt in der Schweiz lebt. Wo immer das sein mag. Kurz nach seiner Geburt schon haben sich seine Eltern zerstritten. Seine Mutter hat nie Zeit für ihn, das habe ich selber gesehen. Sie hat immer nur ihren Beruf im Kopf. Ich weiß nicht, was das für ein Beruf ist, aber er hat mit Männern zu tun, so viel habe ich verstanden. Wo hast du denn die her?, hat sie ihn gefragt, als er mich mit nach Hause brachte. Aber er hat nichts darauf gesagt.

Manchmal spielt er, wenn sie ihn für eine Weile alleine zu Hause läßt. Mit mir oder mit sich selbst. Fliegen, zum Beispiel. Mit ausgebreiteten Armen kurvt er um einen Stuhl oder um den Tisch herum. Ich kann nicht mehr fliegen, hat er auf einmal gesagt, ich habe nur noch einen Flügel. Und dabei hat er den zweiten Arm hängen lassen. Zur Mutter hat er gesagt, als sie endlich nach Hause kam: Mama, wenn du mich wirklich liebst, läßt du mich zum Vater in die Schweiz gehen.

Sein Vater holt ihn jetzt ab. Er ist schon hier. Heute morgen, nach dem Frühstück, haben wir ihn in seiner Pension in der Dorotheergasse besucht. In der Stadtmitte, im ersten Bezirk. Bezirk nennen sie hier die Stadtviertel. Etwas scheu stand er da, in der Halle, mit offenen Armen, bereit, seinen kleinen Sohn in Empfang zu nehmen. Ist das jetzt die Schweiz?, fragte dieser, mit einem Blick in die Runde, in den großen, altmodisch möblierten Raum. Bevor er seinem Vater um den Hals fiel. Morgen fahren sie hin. Vielleicht fahre ich mit.

Sechster Brief

Erinnerst Du Dich noch an den Tag, an dem ich Dir geschenkt worden bin? Oder Du mir. Als wir einander geschenkt worden sind? Als Deine Mama mit Dir ins Spielwarengeschäft kam und Du mich aussuchtest. Ausgerechnet mich hast Du ausgewählt, unter so vielen anderen; Du wußtest sofort, daß Du mich wolltest. Und als wir dann gleich zusammen unseren ersten Spaziergang durch die Stadt machten und am Ende, zur Krönung des Tages, auf den Kirchturm stiegen, die steile, enge Wendeltreppe hinauf, um die Stadt von oben zu sehen, und Du mich gar nicht mehr loslassen wolltest, obwohl Du doch beide Hände gebraucht hättest, wie Deine Mutter meinte, um Dich am Geländer festzuhalten, da war unser Bund besiegelt. Direkt unter dem Himmel. Aus heiterem Himmel, wie man sagt. Obwohl da gerade ein leiser Nieselregen herniederging. Dein Vater war auch dabei.

Daran mußte ich wieder denken, als ich gestern auf dem Turm des Zürcher Großmünsters stand und auf die winzigen Menschen in den schmalen Gassen und auf den kleinen Plätzen der Altstadt hinabsah. Auf den ruhigen Fluß, von dem sie geteilt wird. Limmat, heißt er; oder eigentlich sie. Es ist zwar ein Fluß, aber man sagt: die Limmat. Warum, weiß ich nicht. Ich meine, ich weiß nicht, was es bedeutet; das weiß man bei Namen ja selten. Oder weißt Du, was Dein Name bedeutet? Also auf die Limmat haben wir hinuntergeschaut und über den See, aus dem sie hinausfließt, ganz in der Nähe. Und über die Hügel bis zu den Bergen, die ihn am anderen Ende begrenzen. Deren Spitzen mit ewigem Schnee bedeckt sind, wie sie hier sagen. Ewig. Ewig ist gar nichts; nicht einmal wir Puppen sind ewig, auch wenn wir immer gleich alt sind. Sie sagen auch wirklich Zürcher Groß- münster, nicht Züricher, so sprechen sie hier. Es steht ein wenig erhöht, über den Gräbern der Stadtheiligen Felix und Regula, an der Stelle, zu der sie ihre Köpfe unter dem Arm hin- trugen, nachdem sie ihnen vom Henker mit dem Schwert abgeschlagen worden waren un- ten am Flußufer. Es hat zwei Türme, für jeden von ihnen einen, im einen hängen die Glocken, auf den anderen kann man hinauf.

Wie weit man von hier sieht!, sagte der kleine Junge, als wir so auf der Plattform standen, zu

seinem Vater, der ihn am Hosenbund zurück-
halten mußte, damit er nicht auf das Sand-
steingeländer kletterte mit mir im Arm. Er hat
recht. Dagegen ist der Blick vom Wiener Riesenrad nur ein Blick aus dem Fenster gewesen.
Der Vater will ihm alles zeigen. Jetzt, wo er wieder bei ihm ist. Seine neue Heimat. Seine Stadt.
Sein Land. Ich will es nutzen.

Siebter Brief

Die Schweiz ist natürlich ganz anders, als man sie sich von Wien aus vorstellt. Zwar ist sie tatsächlich klein, aber in einer Hotelhalle hat sie trotzdem nicht Platz. Da sind zum Beispiel die Alpen, die sind dafür viel zu hoch. In einem langen Tunnel haben wir sie durchquert. Der längste Eisenbahntunnel der Welt. Zumindest glaubt man das hier. Aber die glauben hier ohnehin immer zu wissen, wo Gott wohnt; nämlich bei ihnen. Auf den Gipfeln der Berge. Und auf der anderen Seite ist man schon fast in Italien. Die Sonnenstube der Schweiz. Zuerst hat es geregnet. Jedenfalls spricht man hier Italienisch. Lago Maggiore, so heißt der See, an dem wir jetzt sind. Der größere See. Es muß also noch einen kleineren geben. Im Frühling fahren die Schweizer, die es sich leisten können, hierher, weil es dann hier schon fast Sommer ist. Im Sommer ist es zu heiß. Und nicht nur die Schweizer, auch Deutsche. Von überall her reisen sie an. Neulich habe ich hier am Strand sogar Berliner Schnauze gehört, eine ganze Familie, da ist mir einen Augenblick lang vor Heimweh ganz anders geworden. Na ja, ein paar Augenblicke, ich gebe es zu.

Das Wasser in Ufernähe ist schon ganz warm. Und flach. So warm, weil es so flach ist. Sogar Bäume stehen mit den Füßen im Wasser. Hier, bei den Bäumen, wo er es selber als Kind einmal gelernt hat, bringt der Vater jetzt seinem Jungen das Schwimmen bei. Er nimmt ihn auf die Arme und senkt sie aufs Wasser, in dem er bis zur Brust steht, und läßt ihn die Schwimmbewegungen probieren. Wenn er sie richtig macht, wenn er schwimmt, zieht er die Arme unter ihm weg. Aber wenn er sie braucht, sind sie da. So lernt er schwimmen, ohne daß er es merkt. Er glaubt noch, der Vater trägt ihn, aber schon längst trägt ihn das Wasser. In Wien hat ihm das keiner gezeigt. Jetzt trägt er sich selbst. Der Abstand zwischen den Uferbäumen ist das Maß seiner Schwimmlängen geworden.

Ich habe es auch versucht, aber es ist mir nicht gut bekommen. Die Kleider haben sich vollgesaugt, und ich bin beinahe ertrunken. Schon habe ich das Seegras wachsen sehen, nicht gerade von unten, aber auch nicht mehr von oben, und die Fische mit ihren starren Augen haben sich mir neugierig genähert. Im letzten Moment, kurz bevor ich bei den bunten Steinen auf dem Seegrund ankam, hat mich der Vater des Jungen aber wieder herausgefischt. Das

Wort paßt hier wirklich. Windelweich, wie ich war. Und dann hat er mich mit zwei Wäscheklammern auf dem Balkon des Hotels zum Trocknen aufgehängt. Wir wohnen am unteren Rand der Stadt, direkt an der Strandpromenade, er läßt sich nicht lumpen, in einem Zimmer mit Seeblick. Paß also auf, wenn Du im Wannsee, im Nikolassee, im Halensee oder in sonst einem See baden gehst. Es wird ja nun bald auch bei Euch wieder wärmer. Das Schwimmen will zuerst einmal gelernt sein.

Achter Brief

Sei nicht so traurig. Ich spüre doch, daß Du traurig bist. Es ist nichts passiert. Ich bin nicht ertrunken. Und Du wärst auch nicht schuld daran gewesen, wenn ich ertrunken wäre. Weil Du etwa nicht gut genug auf mich aufgepaßt hättest. Ich kann mir denken, daß Du Dir solche Dinge jetzt einredest. Ich kenne Dich ja ein wenig. Und Deine Mutter wird Dir solche Vorhaltungen auch machen. Daß Du zu wenig acht auf mich gegeben hast. Alles nicht wahr. Ich sage es nochmals: Du hast mich nicht verloren; ich bin selber gegangen. Weil ich es wollte. Du hättest es nicht verhindern können. Ich bin ganz einfach noch zu unruhig, um für immer an einem Ort zu bleiben. Und dann muß ich ja auch lernen, selbst auf mich aufzupassen.

Auch von hier muß ich jetzt bald wieder weg. Ich bin wieder zurück im Norden, näher bei Dir, auf Deiner Seite der Alpen. Diesmal sind wir *über* die Berge gefahren. In einem gelben Postbus. Das Tal hinauf. Den Hängen entlang. Über den Paß. Ich habe ein wenig Angst gehabt. In den Spitzkehren vor allem, in den

Haarnadelkurven, wenn die Nase des Busses über den Rand der Straße hinaus- und schon fast in den Abgrund hinabzeigte. Wenn der Dreiklang der Hupe die entgegenkommenden Autos gewarnt hat, weil in den Kehren zum Kreuzen kein Platz war. Aber alles ist gutgegangen. Ich lebe. Wir leben.

Den berühmten Rheinfall habe ich nun auch gesehen. Das heißt, vor lauter Gischt und Wasserstaub in der Luft sieht man ihn eigentlich gar nicht. Ein paar mächtige Felsen mitten im Fluß, über die das Wasser hinunterschäumt. Jetzt im Frühling ist es besonders viel, weil da, wo das Wasser herkommt, in den Bergen, Schneeschmelze ist. Über dem aus den kleinen Wassertröpfchen gebildeten Nebel kann man, wenn man Glück hat und die Sonne hineinscheint, Regenbogen sehen. Einen oder auch mehrere neben- und übereinander, vor den Himmel und vor die Landschaft gebaut. Aber gebaut ist natürlich das falsche Wort, sie bestehen ja eigentlich aus nichts. Oder aus Licht oder aus Farbe; aber was ist das? Wir hatten Glück. Die Schweizer Oma des Jungen, die schon gestorben ist, die er gar nicht gekannt hat, also die Mutter seines Vaters ist hier geboren, drüben, am anderen Ufer, am unteren

Ende des Wasserfalls, am Fuß des Regenbogens. Sein Vater hat ihm den Ort zeigen wollen. Hast Du gewußt, daß der Rhein, der deutsche Fluß, aus der Schweiz kommt?

Dann ging es weiter, mit dem Schiff, gegen die Strömung, den Flußlauf hinauf, bis zum Bodensee, den sie das Schwäbische Meer nennen, weil er so groß ist, daß man an der breitesten Stelle von einem Ufer aus das andere Ufer nicht sieht. In die Konzilsstadt Konstanz, auf deutscher Seite. Aus der der Vater des Vaters stammt. Der dann über die nahe gelegene Grenze in die Schweiz ausgewandert ist. Der auch schon gestorben ist, den der Junge auch nicht gekannt hat. Wir Puppen wissen zwar nicht, was der Tod ist. Ich weiß auch nicht, ob die Menschen es wissen. Aber es gibt ihn. Der Vater will seinem Kind all die Plätze zeigen, an denen er selber als Kind gewesen ist. Wenn er in der Stadt seines Vaters die Verwandten besucht hat. Das Haus in der Inselgasse zum Beispiel, in dem seine Tante unter Putzwut gelitten hat. Die Parterrewohnung in der Zogelmannstraße, wo er sich nachts mit seinen Cousins und seiner Cousine, statt zu schlafen, Kissenschlachten geliefert hat. Die Halbinsel zwischen Hotel und Konzil, auf der er die brütenden Schwäne und Enten mit Brotbrocken aus seinen Hosentaschen gefüttert hat. Das Münster, das eines der größten in Deutschland ist; dessen schweres, dunkles Geläut ihn durch die ganze Kindheit begleitet hat; das er heute noch in sich hört, wenn es draußen in der Welt irgendwo einmal ganz still ist.

Das alles wollte der Vater seinem Jungen noch zeigen. Mir ist es schließlich zuviel geworden. Als die beiden sich kurz vor dem Anlegen in Konstanz zum Aussteigen bereit machten, bin ich auf dem Oberdeck des Schiffs, das gerade mit heruntergeklapptem Kamin unter der Rheinbrücke durchfuhr, einfach sitzen geblieben. Der Junge hat es in der Aufregung der bevorstehenden Ankunft gar nicht bemerkt. Er braucht mich nicht mehr. Er hat jetzt seinen Vater. Der hat offenbar immer Zeit; er ist Künstler, er malt Bilder. Auch davon hat er ihm während der Schiffahrt erzählt.

Neunter Brief

Und so bin ich in einen fremden Rucksack gekommen. Sein Besitzer, ein Ausflügler, ein Wandervogel, mit dem ich schon vorher ein paar Blicke getauscht hatte, weil er mir auffiel, und ich ihm offenbar auch, hat mich kurzerhand hineingepackt, als er mich so allein, verwaist, vergessen auf der Schiffsbank sitzen sah. Bevor er dann selber von Bord ging, mit mir im Gepäck.

Und jetzt sitze ich *auf* seinem Rucksack, wenn er von Ort zu Ort unterwegs ist. Oder besser, ich baumle daran. Er hat mich als sein Reisemaskottchen daran festgebunden. Das ist zwar ein wenig wackelig, und manchmal wird mir ein wenig schwindlig davon, dafür habe ich aber gute Sicht.

Auf Pilgerfahrt ist er. Den Jakobsweg will er machen. Von Deutschland durch die Schweiz über Frankreich nach Spanien, und alles zu Fuß. Aber bis jetzt sind wir nicht weit gekommen. Immer drückt ihn irgendwo der Schuh. Ganz wörtlich. Er trägt zu enge Schuhe. Die

Socken haben ein Loch. Oder mehr als eines.
Er bekommt Blasen. Und hat keine Pflaster dabei. Beim Gehen flucht er laut vor sich hin. Die
Erde ist ein umgestürzter Hafen, sagt er zum
Beispiel. Ist der Weg steil oder uneben, redet er
gleich von Sturzangst. Wohin denn ich?, fragt
er ratlos bei jedem Wegweiser, wenn es mehr als
zwei Möglichkeiten gibt. Und begleitet uns einmal von Dorf zu Dorf ein streunender Hund,
meint er, er müsse ihn wieder zurückbringen.
Ich glaube, er will gar nicht fort. Am Abend
sind wir wieder zu Hause. Und so Tag für Tag.

Er hat einen Vogel, wirklich. Am liebsten geht
er bei Regenwetter und Sturm. Das ist für mich
schlecht, da wirft er sich die Pelerine über
Schultern und Rucksack, und ich sehe nichts
mehr oder jedenfalls nicht mehr viel. Ich weiß
jetzt aber, woher er den Vogel hat. Beim Pick-
nick auf einer Wegbank, auf der wir Rast machten, als es für einmal nicht regnete, hat er davon
berichtet. Er sprach mehr mit den Vögeln, die
er dabei beiläufig mit Brotkrumen fütterte, als
daß er es mir erzählte. Aufgeregt kamen sie
angeflattert, aufgeregt stoben sie wieder davon,
wenn sie sich etwas erstritten hatten. Es war ein
wüstes Geschimpfe; aber ihm schien das recht
zu sein. Er lachte darüber. Sein halbes Brot

gab er weg. Meinen Teil, sagte er. Den hätte ich ohnehin nicht gegessen. Du weißt ja, ich lebe von Liebe und Luft.

Als Knabe hat er einen Raben aufgezogen, und hat ihm sogar ein paar Brocken Deutsch beigebracht. Rabe, konnte der sagen. Und Knabe. Aber dann ist er seinem Lehrer einfach davongeflogen, obwohl er ihm die Flügel gestutzt hatte. Jetzt ärgert sich der über jedes himmelhoch jauchzende, zu Tode betrübte Krähengeschrei. Krah, krah, macht er sie nach, wenn sie in großen Scharen auf die Felder einfallen. Oder wenn sie sich gegen Abend in den Ästen der Bäume zusammenrotten.

Wie mein Glück ist mein Lied, sagt er. Willst du im Abendrot froh dich baden? Hinweg ist's! Und die Erde ist kalt, und der Vogel der Nacht schwirrt unbequem vor das Auge mir. Ein seltsamer Heiliger. Ich weiß nicht, woher er das hat. Aber einen Vogel hat er bestimmt.

Auch einen Sperling hat er als Kind großgezogen, der aus dem Nest gefallen ist. Mit Würmern hat er ihn gefüttert. Mit Körnern. Mit Brosamen. Wie er das heute noch tut. Aber als er im Freien den ersten Flugversuch mit ihm machte, hat ihn die Katze des Nachbarn gefressen. Die böse Katze des Nachbarn, sagt er, des Nachbarsjungen. Dem hat er darauf einen Stein zwischen die Augen geworfen. Keinen großen, aber doch einen Stein. So ist er selber böse geworden, erklärt er. Seither haßt er die Katzen. Und seither hat er den Vogel im Kopf.

Reif sind, in Feuer getaucht, gekocht die Früchte und auf der Erde geprüft, halluziniert er zum Beispiel, indem er irgendwo unterwegs, am Rand zwischen Acker und Wald, ein Feuerchen macht und ein paar Äpfel oder Erdäpfel hineinlegt, wie sie die Kartoffeln hier nennen. Und ein Gesetz ist, fährt er fort, daß alles hineingeht, schlangengleich, prophetisch, träumend auf den Hügeln des Himmels. So ungefähr, ich habe versucht, es mir zu merken. Und: Vieles wie auf den Schultern eine Last von Scheitern ist zu behalten. Ich habe keine Ahnung, was das heißt. Aber bös sind die Pfade; nämlich unrecht. So redet er. Und immer ins Ungebundene geht eine Sehnsucht. Und dann steht er auf und brunzt ins Feuer, um es auszumachen. Und dann dreht er um, der seltsame Pilger. So kommen wir natürlich nicht weit.

Zehnter Brief

Ich bin ausgerissen. Das heißt, ich habe mich einer Gruppe von Ausreißern angeschlossen. Ich bin ihnen im Treppenhaus begegnet. Da hat mich mein vagabundierender Herr nachtsüber immer samt seinem Rucksack stehen gelassen. Neben den Wanderschuhen, bei den Regenschirmen, auf dem Absatz vor seiner Junggesellenwohnung. Was ich nicht besonders einfühlsam fand. Zu dritt, eins hinter dem andern, kamen sie da die Stiegen herunter geschlichen, die drei Geschwister aus der Wohnung darüber, ich hatte sie schon oft herumtoben gehört. Jetzt waren sie mucksmäuschenstill. Es war Sonntagmorgen, die Leute im Haus schliefen noch, offenbar auch ihre Eltern. Die drei hatten ihre Kinderköfferchen mit den Badesachen und mit Verpflegung aus dem Eisschrank vollgepackt und sich auf den Weg gemacht. Voran das etwa siebenjährige Mädchen und sein ungefähr sechsjähriger Bruder, sie wollten heiraten, dahinter das fünfjährige kleine Schwesterchen, das die Trauzeugin spielen sollte. Als es an mir vorbeikam, band es mich vom Rucksack los und klemmte mich unter den Arm, ein zweiter Zeuge konnte nicht schaden, einen Treppenabsatz tiefer hatte es die anderen wieder eingeholt.

In Afrika sollte die Hochzeit stattfinden, weil es da so schön warm war. Den Stoffelefanten, das grüne Krokodil und die Giraffe hatten sie jedenfalls dabei, aus dem Köfferchen der Braut schaute sogar noch der Schwanz des Löwen heraus. Die Flitterwochen wollte man anschliessend an einem weißen Strand verbringen. Den hatten sie im Ferienkatalog gesehen. Die Sonnenhüte hatten sie eingepackt.

Wir kamen aber nur bis zum Bahnhof, da wurden wir jäh gestoppt. Von einer Polizeipatrouille, der waren wir aufgefallen. Wir mußten die Koffer öffnen. Ich sage schon: wir, aber ich meine natürlich: sie; ich hatte ja keinen. Da sah ich, was alles drin war. Ich gehörte ja selbst zum Gepäck, auch wenn ich außerhalb reiste. Die Polizisten konnten die Hochzeitsgesellschaft schließlich davon überzeugen, daß sie für Afrika nicht das richtige Schuhwerk dabei hatte. Und nicht genug Sonnencrème. Und daß der Proviant nicht bis dorthin reichte. Daß Afrika viel zu weit weg sei. Und daß man überhaupt vielleicht vor der Hochzeit besser noch die Eltern des Brautpaars informieren sollte.

Sie brachten sie wieder zurück. Im Auto. Und mich mit ihnen. So daß ich den fremden Erdteil nun leider nicht sehe. Und Dir darum auch nicht davon erzählen kann.

Elfter Brief

Am zwanzigsten ging Soundso durchs Gebirg.
Und ich mit ihm. Ich weiß seinen Namen nicht,
er reiste inkognito. Ja, sagte er immer wieder.
Dann wieder: nein. Oder: im Uhrzeigersinn;
dann wieder: im Gegenuhrzeigersinn. Alle paar
Sekunden, alle paar Meter wechselte er seine
Meinung. Dabei ging er immer geradeaus, so-
weit es der Weg zuließ. Am liebsten wäre er auf
dem Kopf gegangen.

Ich bin ihm die Tage zugelaufen. Oder: er ist
mir zugelaufen. Das ist schwer zu sagen. Wir
waren beide etwas verloren. Da haben wir uns
zusammengetan. Auf einer Bank am Waldrand,
über der Stadt. Ich saß schon da. Die Kinder,
bei denen ich war, mit denen ich nach Afrika
hatte gehen wollen, hatten mich sitzengelassen.
Sie spielten am Bach, sie hatten mich vergessen.
Er kam aus der anderen Richtung dazu. Er setzte sich ans andere Ende der Bank. Ihn hatte
gerade die Braut sitzengelassen. Die vor ihm
nämlich schon einen anderen gehabt hatte. Der
sie aber seinerseits sitzengelassen hatte. Dem sie
trotzdem noch nachtrauerte. Wie ist das Leben

doch kompliziert. So viel habe ich immerhin verstanden. Da rückten wir näher zusammen. Dann brachen wir auf. Nur weg von da, wo wir herkamen.

Auf den Gipfeln und Bergrücken lag noch da und dort ein Fleck Schnee. Die Täler hinunter nur Felsen und Tannen. Es war kühl. Das Wasser rieselte die Wände herab und über den Weg. Graue Wolken zogen am Himmel dahin. Mein Gefährte verglich sie mit vorüberspringenden Rossen. Die Sonnenstrahlen dazwischen mit einem Schwert, das an den Eisflächen geschliffen wird. Die blauen Lücken, die der Wind ins Gewölk riß, mit einem See. Mit vielen Seen. Die kalte Erde hätte er am liebsten hinter den Ofen gesetzt, aber das ging nicht. Dazu war auch der größte Kachelofen zu klein.

Manchmal stand er wie angewurzelt, wie mit den Füßen in den Boden gewachsen, keuchend, den Oberkörper vorwärts gebeugt, Augen und Mund weit aufgerissen, für eine Weile still. Er meinte, er müsse den Sturm in sich hineinziehen, alles in sich schlürfen, so sagte er. Mit ganzer Kraft wand er sich ins All hinein. Oder hinaus. Auch das sagte er. Er war auf dem Mond, und die Welt ihm gegenüber. Er hätte viel dafür gegeben, sich in den eigenen Kopf zu schauen. Seltsame Menschen gibt es, wirst Du Dir denken. Aber das waren nur Augenblicke. Am Abend nannte er die Waldrücken Schultern, und auf die drückte nun die Nacht.

Wahrscheinlich ist er sehr einsam. Wie ich übrigens ohne Dich auch. Es ist der Preis für die Freiheit. Immer wieder versuchte er, mit mir zu sprechen, aber er konnte es nicht. Daß diese Puppe hübsch sei, kann nicht behauptet werden, sagte er immerhin. Mit wenig Schonung. Aber es war nicht klar, meinte er mich oder sich. Oder am Ende immer noch seine verlorene Liebste.

Jetzt sind wir am Ziel. Waldersbach heißt der Ort. Eine Waldidylle, wie es der Name sagt. Außer dem Pfarrhaus und der Kirche und ein paar Holzfällerhöfen gibt es hier nichts. Aber der seltsame Herr will hier bleiben. Er will wohl lernen, Füchsen und Hasen nicht nur gute Nacht, sondern auch guten Tag zu sagen. Mehr kann man hier nicht. Das ist mir zu wenig. Ich muß bei nächster Gelegenheit weiter.

P.S.
Die Gelegenheit hat sich ergeben. Der Schulausflug einer Mädchenklasse. Lauter muntere

junge Damen. Eine ältliche Lehrerin führte sie an, die etwas hinkte und ein kleines Kreuz um den Hals trug. Eine jüngere war die Begleitung, sie trug einen Stern aus Gold auf der Brust. Drei Freundinnen, die sich die ganze Zeit bei ihren Kosenamen nannten, stritten sich geradezu um mich. Abwechslungsweise durfte mich jede von ihnen ein Stück weit mittragen. Später stieß noch eine gleichaltrige Knabenklasse dazu, da nahm ihr Interesse an mir etwas ab. Trotzdem brachten sie mich zu Fuß, per Bus und per Bahn schließlich heil bis in ihre Stadt.

Zwölfter Brief

Ich bin jetzt am Meer. In Bordeaux. Am Rand
des Wassers, heißt das auf Deutsch. À peu près.
So viel Französisch habe ich inzwischen gelernt.
In Bordeaux, wo die guten Weine herkommen.
Die großen, wie die großen Weinkenner sagen;
oder die, die es gern wären. Mon Dieu, quel
théâtre! Was an einem Wein groß sein soll, muß
mir mal einer erklären. Mir reicht schon der
Geruch in der Nase! Sei's drum. Mein Reise-
begleiter zu Fuß und mit der Pferdekutsche
sollte als Hauslehrer in eine hiesige Konsuls-
familie aus Deutschland kommen. Ich habe ihn
auf dem Flohmarkt kennengelernt. Er hat Gefallen an mir gefunden. Ich an ihm übrigens
auch. Er hat mich gekauft, für ein Nichts an
Geld, unter meinem Wert jedenfalls, als Mit-
bringsel für seine Zöglinge. Die jungen Leute,
die mich loswerden wollten, hat es gefreut.

Über zwei Monate waren wir unterwegs.
Durch halb Frankreich, vom Elsaß über die
Vogesen und über das Massiv Central durch
die Auvergne bis nach Clermont-Ferrand und
immer weiter. Es wollte nicht enden. Von Nür-

tingen aus waren wir aufgebrochen, einem Ort mitten in der Schwäbischen Alb, da hatte er seine Mutter. Kalte und heftige Stürme begleiteten uns, vielmehr schlugen uns von der Atlantikküste her entgegen. Je näher wir ihr kamen, umso schroffer. Hagel und Wind peitschten uns ins Gesicht. Meist schliefen wir draußen, unter einem Vordach, in einer zugigen Scheune, das war schon luxuriös. Mein Herr stand ja noch nicht in Lohn.

Wir haben aber auch schöne Dinge gesehen. Die Loire-Schlösser zum Beispiel, romanische Kirchen auf grünen, vulkanischen Hügeln, die Kathedrale La Chaise Dieu. Das heißt: Gottes Stuhl. Die ist so gebaut, daß man sich in zwei entgegengesetzten Ecken aufstellen kann, wenn man zu zweit ist, mit dem Rücken zueinander, und man hört sich, auch wenn man nur flüstert. Und auch wenn der Kirchenraum mit Gemurmel angefüllt ist. Die Kreuzrippen des Dachgewölbes bringen die Töne zueinander. Das hat mir am besten gefallen. Aber auch die verschiedenen Landschaften zwischen den Kirchen werde ich nicht mehr vergessen, durch die wir gewandert und gefahren sind. Unter tausend Gefahren, wie man sagt. Es waren natürlich nicht tausend. Aber einmal sind wir tatsächlich von Wegelagerern überfallen und ausgeraubt worden. Ausgeraubt ist natürlich ein Witz. Wir hatten ja nichts dabei.

Und jetzt sind wir hier; und müssen auch schon wieder zurück. Diesmal auf dem schnellsten Weg. Weil dem Herrn, kaum daß er die Stelle angetreten hatte, zu Hause seine Liebste erkrankt ist. Ernsthaft; er hat eine Depesche erhalten. Eine verheiratete Frau; seine heimliche Liebe. Da will er jetzt hin. Er hat schon gekündigt. Es ist ihm nicht schwergefallen. Die Kinder, die er hier unterrichten sollte, waren auch nicht gerade danach. Verwöhnt bis zum Bach hinunter. Stinkend vom Reichtum der Eltern und vom eigenen Dünkel, zehn Meter gegen den Wind, da muß ich ihm recht geben. Ich habe sie auch kennengelernt. Ich habe mit ihnen gespielt. Ich mit ihnen, nicht sie mit mir. Dafür waren sie viel zu hochnäsig. Sie schnitten mich, wo sie konnten. Wo sie es nicht konnten, setzten sie mich herab. Ich bin ihnen aus zu minderem Stoff.

Aber sie können nichts dafür, sie sind so erzogen. Mit einem Kind wie Dir darf man sie gar nicht vergleichen. Und doch tue ich es. Immer noch vergleiche ich natürlich, ob ich will oder nicht, alle Kinder mit Dir.

Morgen reisen wir ab. Ich auch. Früher als erwartet, aber es ist nicht schlimm. Ich habe keine Lust, allein hier zu bleiben. Eigentlich ist das Meer gar nichts Besonderes. Es ist auch nur Wasser. Außer natürlich dem Küstenstreifen davor und den Sonnenuntergängen dahinter.

Letzter Brief

Mein Herr dauert mich. Er darf nicht trauern. Dabei hat er sein Liebstes verloren. Als wir in Deutschland ankamen, war sie schon tot. An den Röteln gestorben. An einer Kinderkrankheit, an der die Kinder nicht sterben, aber die Erwachsenen, wenn sie als Kinder sie nicht gehabt haben, stell Dir das vor. Er darf seinen Schmerz nicht zeigen, wie er schon seine Liebe nicht zeigen durfte, weil sie die Frau eines anderen gewesen ist. Ist das nicht dumm? Es bricht ihm das Herz. Mir auch. Zum Glück habe ich keines; jedenfalls keines, das brechen kann.

Er habe den Verstand darüber verloren, sagen die Leute von ihm. Die, die von der Sache wissen. Oder zu wissen glauben. Oder die von denen, die es zu wissen glauben, etwas läuten gehört haben. Er ist bei Freunden untergekommen, zuletzt bei dem einzigen Freund, der ihm aus Jugendtagen geblieben ist. Der ihm auch eine Stelle verschafft hat, als Hilfsbibliothekar, bei seinen eigenen Dienstherren. Eine krasse Unter- und Überforderung natürlich, beides zugleich, bei seiner Gemütslage. Vergangene

Woche wurde er von dort abgeholt. Mit dem gelben Wagen, von Männern in weißen Kitteln. Zuerst hat er sich heftig dagegen gewehrt, dann hat er aufgegeben. Er sei kein Jakobiner, hat er unterwegs noch ein paarmal gesagt; ich bin nicht von seiner Seite gewichen. Als ob das jemand behauptet hätte. Was er damit hat sagen wollen, ob es auch mit irgendeinem Jakobsweg zu tun hatte und wohin der geführt hätte, ich weiß es nicht.

Jetzt sitzt er in seinem Turm in Tübingen, neben der Klinik, direkt am Neckarufer, nicht weit von da, wo er geboren ist, ein Schreiner und dessen Familie haben ihn aufgenommen. Vom Fenster aus sieht er die Schwäne ihre Köpfe ins heilignüchterne Wasser tunken. So drückt er sich aus. Und ich sitze auf meinem Stuhl und sehe ihm zu, wie er stundenlang der Wand entlang um die runden Ecken seines Turmzimmers geht. Ja, das gibt es nicht nur im Kindervers, an dem wir immer unsere Freude hatten, die runden Ecken, das gibt es hier wirklich. Oder ich höre ihm zu, wie er dann wieder nachmittagelang mit schrillen Dissonanzen das Klavier malträtiert, das sie ihm, zu seiner Beruhigung, ins Zimmer gestellt haben.

Besser: ich sah und ich hörte. Ich habe es schließlich nicht länger ausgehalten. Ohne Abschied, nachts, habe ich mich davongemacht. Er tut mir ja leid; aber das war auf Dauer kein Leben für mich. So wie es auch für ihn keines ist. Über die Alb, zurück nach Stuttgart, wo er seine Freunde hatte. Ein paar Studenten aus dem angrenzenden Stift, die über die Feiertage zu ihren Liebsten nach Hause wollten, haben mich mitgenommen. Ich kannte sie, weil sie ihn einmal besucht hatten.

Jetzt bin ich also hier, und hier bleibe ich. Im Schloßpark, am Teich, habe ich ein Mädchen kennengelernt, ungefähr in Deinem Alter, etwas jünger vielleicht. Sie saß allein auf einer Bank am Rand des Beckens und schaute aufs Wasser. Auf die Ringe, die sich um die von der Fontäne zurückfallenden Tropfen immer neu bildeten. Auch in ihren Augen war Wasser. Sie weinte. Sie schien verzweifelt. Ich setzte mich zu ihr und fragte sie, warum sie so weine. Da weinte sie zuerst nur noch mehr. Sie wurde regelrecht geschüttelt vom Weinen. Aber dann wurde sie still. Sie schaute mich an, von der Seite. Und dann begann sie zu sprechen, langsam und leise.

Ich habe gesehen, sagte sie, wie die Latuna die Bauern in Frösche verwandelt. Wie der Neptunus die Pferde anhält. Die Diana im Bad. Den Raub der Proserpina. Sehr schöne Fasane von weißem Marmor und Alabaster. In London habe ich gesehen: einen Esel, der weiße und kaffeebraune Striche hatte. Und zugleich habe ich gesehen, wie das Meer abläuft und wieder zunimmt. In Den Haag die Zimmer, wo die Herren Generäle sitzen und man die Leute reden sieht. Im Prinz-von-Oranien-Garten die deutsche und die portugiesische Synagoge. Das Rathaus in Den Haag, die Illumination. Ein Kloster. Die Karmeliterkirche, wo unsere liebe Frau selber und die Kapelle von weißem und schwarzem Marmor ist.

Das alles sagte sie. Ich weiß aber nicht, ob ich alles richtig verstanden habe. Ich fragte sie noch einmal, warum sie so traurig sei; wenn sie doch so viele schöne Sachen gesehen hat. Weil ich doch meine Puppe verloren habe, sagte sie. Und nun schluchzte sie wieder. Und wenn ich Augen gehabt hätte wie Du und sie, mit Tränen zum Weinen, ich hätte wahrscheinlich mitgeweint. Jetzt bleibe ich also bei ihr. Ich schicke Dir ihre Anschrift. Nonnenwaldstraße, ist das nicht eine wunderbare Adresse! Und wenn Du magst und wenn Du groß genug bist, besuchst Du uns hier. Oder wir besuchen Dich. Inzwischen gib auf Dich acht. Ich versuche es auch. Ich liebe Dich.

Deine Puppe

Inhalt

Vorbemerkung 5

Die Briefe

Erster Brief 10

Zweiter Brief 13

Dritter Brief 16

Vierter Brief 19

Fünfter Brief 23

Sechster Brief 28

Siebter Brief 31

Achter Brief 34

Neunter Brief 38

Zehnter Brief 42

Elfter Brief 45

Zwölfter Brief 49

Letzter Brief 53

Umschlagmotiv:
Paul Klee, Tanz des trauernden Kindes (1922).
Aquarellierte Ölzeichnung auf Japan-Papier, 29.2 x 27.3 cm.
Sammlung Heinz Berggruen, Berlin.

Druck: AZ Druck und Datentechnik GmbH, Kempten
Printed in Germany
ISBN: 978-3-907142-57-8